Satélite

Editora Quelônio

....

Satélite

....

Carla
Kinzo

....

para o Marcos

A raiz da paisagem foi cortada.
Tudo flutua ausente e dividido.
Tudo flutua sem nome e sem ruído.

Sophia de Mello Breyner Andresen

....

não cai, flutua no espaço
suspenso pelo ar quente o poema
longe das mãos um satélite
fragmento em pleno voo
içada a estrutura no nada
navega em câmera lenta
corpo moroso, incendiado
pelo hálito furioso
febricitante
de quem tenha soprado
em seu interior

....

para a Maria Clara

tenho lido cartas no lugar de livros
no lugar de placas
nos vagões de trens dentro de ônibus
tenho lido cartas é por isso
não me encontro nos lugares
tenho me perdido muito
errado pontos a descer
ruas esquinas
tenho lido muitas vezes a mesma carta
que descreve um lugar
insistentemente
para alguém da vida
desse alguém que a escreveu
esta carta não enviada anda comigo
pela cidade no lugar de um mapa
refaço com o dedo (como se o dedo fosse
a ponta da caneta que não carrego) o desenho
da letra que pergunta
se não há lugar, para onde ir?
tenho lido muitas vezes esta pergunta
enquanto atravesso a cidade e não encosto
a cabeça na janela ou fecho os olhos
ou olho as pessoas caminharem

elas quase nunca carregam cartas
no lugar de celulares bilhetes de metrô
eu sim tenho esquecido os bilhetes
e às vezes o endereço de volta
só para ficar mais tempo nos ônibus
dando voltas até que escureça
lendo muitas vezes a sua carta
no lugar de tornar a casa

fome

talvez um pássaro voando muito alto
não veja mais sua sombra
e se sinta livre
repleto
de luminosidade
talvez um besouro dando voltas
em uma lata
ache que tenha caminhado muito
ido muito longe
até o outro lado
da fronteira
de alumínio
talvez pulando a hora de jantar
eu tenha salvo a mim
da sua falta
mas quando a barriga dói
de madrugada
sou o besouro
a quem alguém deu um tapa para fora
da lata

....

mais um dia como os outros não fosse
esse modo em que às vezes a tarde arrasta
janela adentro qualquer coisa marítima
se a sala fosse um navio afundando
devagar a noite avançaria
fôssemos peixes e a casa um aquário
nenhum movimento seria
sem resistência, nos moveríamos
mesmo assim em direção a lustres
interruptores, mas antes que as lâmpadas
se acendessem douradas
seríamos algas

....

para o Marcos

não fala de você ao meio-dia
toca seus pés à sombra
não diz o que fizeram
o que poderiam ter feito
o que carregam sob a sola dos sapatos
não fala dos calos
do acha que sabe dos dedos
não descreve seu pé, não revela
a palma
não diz dos tacos soltos
do chão muitas vezes pisado
dos azulejos
do asfalto
não diz que partiu
nem que chegou

....

a distância entre duas pessoas pode ser medida
em metros, centímetros
pode ser atravessada por uma ponte
e pode ter o nome de um mar
pode ainda não caber nas horas
em que nos curvamos sobre selos, carimbos
de cartas que não sabem dizer
dos territórios que percorreram
fronteiras, meridianos
linhas sobre mapas
ou desta tarde de sábado
em que me oriento em sua direção
sem endereço, sem bússola

meditação

não mora no tijolo a casa
ou no barro
não está na porta a saída
ou no escuro
o medo

o caminho não é o que afirma
o papel
o mapa
não é o terreno

não depende da palavra amor
o amor

nem toda confissão
nem todo metro
é poema

nem toda água salgada é lágrima
ou mar

....

resta largada entre estações
essa imagem que não se forma
nódoa caída na plataforma
mas que cruza a cidade ao meu lado
o que segue comigo me escapa
a palavra árida no interior
da palavra
talvez por isso tenho muita sede
mesmo em dias de chuva
ando agarrada
a uma garrafa d'água

....

as dinamites estão dispostas
em dois ou três andares do poema
entre pilares, entre vigas
no fosso do único elevador
telas de proteção para estilhaços
cobrem as janelas, pronto
agora é esperar a faísca
a fagulha final, início da fúria
a levar tudo aos ares ou melhor
tudo ao chão: o poema que cai
vertical, cortina desatada
do teto desaparece
no lugar onde a mão afunda
atrás do que brilha
entre cal, cimento, pedras

....

o livro deforma o sizal
da cadeira, um corpo antigo
resistindo imóvel à hora
que cai sala adentro, pedra difusa
atingindo em cheio a superfície
leitosa do mundo da mesa
emborcado num canto o copo
alheio à lentidão da caneta
tenta um movimento
brusco
depois do susto

....

acho que sonhei com um lustre
talvez verde, talvez azul
acho que o vi há alguns dias
ou talvez tenha imaginado isso
eu num ônibus vendo o lustre
perfeito para o canto da sala
em que te escrevo no escuro
e no excesso de luminosidade
vinda do teto paredes janelas
um lustre colorido, talvez vermelho
poderia reparar o verso
mal cortado o excesso a falta
a letra disforme do sono
a embriaguez na tinta da velha
caneta sem tampa
o que te escrevo se parece
com essa tampa esquecida
acho que é por isso
tenho sonhado com o lustre
com palavras que possam
anteparar certa luz

....

é quando inclina o rosto ligeiramente à direita
e empurra os óculos que escorregam
pelo nariz de volta aos olhos
sempre com o indicador
ou ainda pelos cabelos
pelo modo escuro que caem
na testa que repete desde o nascimento
essa outra face
ela começa a vincar nos mesmos lugares
respondendo aos anos com o rosto que a precedeu
como se voltássemos sempre de onde partimos
como se tivéssemos partido de mais longe

....

às seis a marcha do sol se projeta
na parede do apartamento
seu desaparecimento acontece
senão pelo prisma hexagonal
pontual na superfície plana
feito um relógio asteca ela ampara
a fuga da última meia hora
do dia
alfinetes perdidos não serão achados
depois das seis e até que amanheça
muito depois das cinco
nada mais será atado

....

para a Bel

eu lia seus diários, ela me disse
mesmo antes de aprender a ler eu os lia
ou eram eles que se escreviam
diante de mim, os metros de linha
eles dariam três vezes a volta
no planeta, não sei calcular
gostaria de voltar àqueles metros
percorrer mais uma vez esse caminho
esférico, capaz de me levar
de volta a ela, às suas linhas
sempre retas fazendo
essa curva
de todos os diários, no entanto
restou um único dia, ela me disse
descrito senão
por uma palavra
e é porque é uma e solta no centro
da página
sem tempo, sem função sintática
que é possível seguir qualquer direção
ao lugar onde ela ainda parece
escrever seus diários
hoje

é por isso também que me recuso
a partir, fico ao redor
dessa palavra, não é preciso
tendo ela, ir a lugar algum
para encontrá-la

....

dias em que as laranjas estarão
ligeiramente ácidas
os olhos mais cansados antes
de chegarmos em casa
noites em que pensaremos
por mais tempo no que corre
conosco furando a terra
dentro dos vagões
em como parece a via láctea
o teto mofado do banheiro

cartográfico

para a Leda

o que você me diz começa a acontecer
na disposição dos selos ao redor
do endereço, na letra
desobedecendo à linha imaginária
sob o destinatário
ela parece querer se jogar
para fora desse prefácio
o que você me conta começa
muito antes, por isso me perco
olhando tudo isso, tento
decifrar o que você me escreve
do lugar em que tudo aqui
rua cep cidade
se repete

....

tem vezes que doem mais os tendões
inflamados das mãos
talvez elas não possam nos sustentar
nesses dias em curvas
dentro de trens, ônibus
até mesmo um caderno
sem lombada, vazio
é capaz de ferir a palma
ou os dedos que se alinham
pra dizer adeus
no lugar da fala

....

impressas em mãos, sobre testas
as linhas também podem ser
férreas, se nos levam ao trabalho
quando se deixa avistar na cidade, olhar
com o fio oblíquo dos olhos
a linha do horizonte
no lugar da linha coral, da CPTM
esquecer que andamos sobre elas

....

levo uns dias para escrever depois dos retiros
me demoro vasculhando os cantos da casa
a palavra guardada em cadernos
entre a terra dos vasos os pelos dos gatos
me esqueço no sono dos bichos
na lentidão das raízes dos cactos
elas se espreguiçam no solo
depois dos retiros primeiro me sento
tentando ouvir o ruído das plantas
acordando debaixo da terra

mutação

apanhar com a mão esquerda a caneta
acostumada à direita
chamá-la pelo nome
que ela atenderá em outra língua
stylo talvez, repetir
penna
até que a palavra estrangeira
pióro
retorne à caneta, ao que ela traça
no ato de guiar o punho, *pen*
ao lugar onde a caneta
possa se tornar, quem sabe
uma porta

....

para a Caqui

invejo que você possa sonhar numa língua
em que não aprendeu a dizer o mundo
e ao topar o pé num objeto
de metal, por exemplo
hesitar no espaço entre duas
ou mais palavras
minerais

....

não arrematar, que estanque sozinho
que proliferem fibroblastos no tecido
ferido do poema, ali
onde desejamos atar as beiras
ainda abertas com um ponto
final, deixar que escorra
ensope dedos
olhos, mesa

....

às vezes somos a memória
oscilante dos peixes repetindo
em aquários o que não se fixa
somos o que ainda assim
busca um porto, um ponto
algo que se reconheça
nesse fluxo, uma boia
uma âncora talvez
entre as paredes de vidro
caindo no tempo em que cai
uma montanha de gelo
sem aviso dentro d'água

....

lavar pela manhã os olhos com a água
nas concavidades das mãos
umedecer sobrancelhas, cílios
a secreção que se forma no canal
lacrimal em dias secos, piscar
muitas vezes ao longo das horas
em que olhamos os detalhes
de um objeto, a luz que ele refrata
a parte da luz absorvida por ele
perder para ele um pouco da vista
nesse lugar impreciso, reter
o que dele se deixa traçar
lavar nos olhos o rastro
antes de deitá-los nas pálpebras
fechá-los como se fosse possível
não sonhar com esse objeto, sua luz

....

no papel que escorrega de um bolso
na volta se desfazendo da trança
de alguém no transporte público
nos óculos do motorista a última
vez em que cai um papel
em que essa volta se desatando
sem alarde dentro do ônibus
se multiplica
se tivermos sorte podemos ainda
ver o instante em que tudo
isso desaparece

....

de susto alguns poemas abandonam
o próprio rabo, feito lagartixas
se encarados antes da hora alguns deles
bichos acossados, contaminam
o espaço com tinta
até perdermos seu rastro
espantando-os assim fica-se só
com o que resta em suas fugas
documentos falsos, bitucas
e nada disso nos levará
de volta ao seu encalço

....

anota pequenas tramas diálogos roubados
o que lê em placas de comércios postes
no verso das poltronas nos ônibus
às vezes são só palavras soltas puídas
sem conexão acidentes formando
imagens sextavadas calcários
o que delas escapa conduz a mão
o fato de não reter jamais
o nome das coisas
depois de desejá-las

....

abrir o livro, um oráculo
para não escolher a palavra certa
que me encara, carregá-la pela casa
à cozinha, fervê-la com a água
de todos os dias, soprá-la
retê-la no véu palatino
inundando o interior da fala
o que ao redor se ata
recompõe o velho percurso
de um cotovelo assentado
na estante, o outro suspenso

....

feito alguns insetos dados à umidade
há poemas que começam a se formar
em juntas de azulejos, quinas
de espelhos fios partidos, redemoinhos
assim como eles o poema nascido
do congestionamento de ralos
aprende a contornar lentamente
sua desaparição por afogamento
na gota violenta que se atira
dos cabelos molhados

....

repara essa distância
entre a xícara que colocamos
diante da palavra xícara
e a palavra
xícara
sente o calor entre a mão e o líquido
ainda que ela possa te queimar a palma
se você segura a porcelana, percebe
o intervalo
se te escrevo xícara
e você se dá conta
asa

....

o estalo do pão que se parte
um dos mundos dentro do mundo
de muitos ruídos
pode ser a fome criando a farinha
fermento que não se vê
conduzindo ao que parece preciso
na massa que não existe

....

olhar de esguelha o que não parece
se mover nas costuras dos cadernos
o que guardam as orelhas dos livros
a metragem percorrida pelos olhos
também o espaço entre as lombadas nos enganam
das estantes, a aparente imobilidade
da tinta na caneta
prestes ao salto

....

é preciso sorrir ao que se parte
aos pedaços irremediáveis
versos de mundos, solas
nucas, espaços miúdos
atrás das orelhas, dobras
é preciso, você me diz
com as costas de sua camisa
rir de nossas imagens
deixando as polaroides

....

o que se acumula entre tramas
de roupas, pregadores
no espaço entre teclas, dentes
em gengivas que seriam salvas
pelo que resta em tubos
retorcidos de pastas
em fundos antigos de garrafas
marcas de própolis em copos, digitais
um fio d'água a correr pela calha
o que se move, nas etiquetas cortadas

....

entre o sol e o corpo ao sol
entre a marca que ele projeta na pedra
e o que não é pedra, nem corpo
ou meus olhos nomeando tudo acontece
no espaço em que a palavra não pisou
mas que é sonhado por ela

....

feito alguns insetos que podem se desmanchar
numa lufada de vento imprevista
estudar a direção das correntes, a temperatura
do espaço, escolher duas ou três
palavras que sirvam
à aerodinâmica do corpo
entregue ao voo, depois ao pouso

....

o romper do dia, essa expressão
instante preciso em que a luz termina
de rasgar o que não é mais noite
o verbo agindo do que se acumula
na camada fina da antemanhã
de modo lento, sempre primeiro
e no entanto repetido albor
lasca aguda do dia

....

às vezes não vemos os minutos sobre a água
que escapa da chaleira como vemos
o tempo sobre os verbos
muitas vezes não vemos o instante preciso
em que depois de se dobrar a pele vinca
e a folha se desprende do talo
muitas vezes é de uma vez que o dorso
de nossas mãos é um passado
de repente constelado

....

nos joelhos em xis, nas costas que tombam
ligeiramente pra frente ao caminhar
na linha sob a pele entre as sobrancelhas
e também nelas, na rebeldia
ao primeiro arco da infância
a linha ascendente desde a mãe
da mãe da mãe
da mãe da mãe da mãe

....

com o corpo que muda, ossos
que estalam nas juntas
quinas, repetir
o ângulo das omoplatas
o gesto do jornal rumo ao rosto
um pouco mais hipermetrope
repetir primeiro o café
mais tarde repetir a manhã
caso anoiteça

....

percorrer o caminho entre a ilha
de onde partiu os que nos fizeram
e o continente onde você
segura um prato quente
fundo de sopa entre as mãos
ao longo da travessia saber
esse gesto não poderá esquentar
por muito mais tempo as pontas
translúcidas dos nossos dedos

febre

a matéria é uma crença profunda, você me diz
enquanto sentimos pela porta
do armário o calor de um vestido
inflamado

....

feito não o que cai
do bolso ao chão

ou não feito o bolso
ao redor da mão, vazio

nunca feito o chão
contra o qual se espatifa
o que cai:

sua mão

apontando o que escapa
para fora do quadro

....

a geladeira passou a perder água
o guarda-chuva, a se torcer do avesso
ansiando a tempestade
o sapato não se deixa descalçar
ancorado ao tornozelo
no ar os cabelos acenam
a rebelião aos cadarços
dentro de uma corrente
furiosa transparente

....

garrafas pet, tampas plásticas, estrelas
riscam um lugar há pouco tocado
pelas ondas; coloco-me ao lado
da medida de areia em que esta linha
hoje é capaz de dizer mais
do que me separa do oceano
que aquela do horizonte

....

a luz passou a atravessar a janela
revelando a antinomia
das esquadrias
qualquer coisa metálica na ligeireza
dos insetos em suas frestas
e na poeira ancestral
compassada
ora dourada
ora azul

....

para salvar da fadiga a palavra
injetar-lhe um pouco de sol
em dias nublados não hesitar
no uso de suplementos
vitamina D, ácido fólico, ferro

....

um poema escrito ao lado de alguém
que mastiga castanhas falará
do mundo? do tédio?
evocará terremotos além-mar
o movimento invisível das placas
tectônicas ou o atrito
vago dos ossos da face
tentando preencher a hora?

....

quando se deixa abrir
para além da lombada a hora

quando no caco de vidro
avistamos rochas celestes

quando topamos o pé
numa forma calada

....

nas últimas semanas comecei muitos livros
tomei ônibus pensando que não iria
aos pontos finais
passei tardes imaginando
o lado de lá
como dizer chávena em polonês
espanhol, tibetano
a marcha dos cupins pela casa
onde começa, se termina
tivesse insistido em insetos
ou dicionários talvez
soubesse lidar com este verso
galopante ele resiste ao meu impulso
de abandoná-lo no meio
da palavra chávena

....

quem sabe haja mesmo essa hora
em que os filhos não cresçam
ou as unhas, os cabelos
o minuto em que as plantas suspendam
na superfície das folhas o movimento
de seus estômatos
todos dentro do papel fotográfico
enquanto de fora envelhecemos

....

volátil como o álcool que passamos
sobre as mesas pra desinfetá-las
arrastando migalhas puídas
uma gota de suco processado
a formiga perdida do bando
bactérias, germes, micróbios
esse milagre, o álcool
que mal se vê e tudo confunde
um ácaro, a lâmina d'água
vestígios de DNA nas linhas
de um caderno varridas
por uma borracha

cachalote

para a Ana E.

a escrita nas costas do animal
tenta a imensidão secreta da corcova:
instantâneo do mundo no corpo
no instante do risco d'água

....

hora da marca, do vinco
da dobra até que se parta
a floresta na celulose mal usada
hora do que se curva e retorna
refeito da reverência, sem marca
aparente e ainda assim vincado
hora do papel, hora do bambu

....

me demorar neste pântano
sob o rumor da terra úmida
apanhar a queda dos objetos
vagarosos que afundam
querer o tombo lento no tempo
em que cresce a vegetação
ao redor, voraz
sem prudência, nome
ou governança

poentes

algumas tardes desabam
mamíferos pré-históricos sobre frases
outras, antes da queda uivam
perdidas da matilha, desentoadas

....

está combinado, o caderno no colo
tentará ainda qualquer coisa maciça
um gesso ao metatarso, um calço
aos dias bambos, meio mancos
desse ano, um piano tombado
sobre os cadarços

....

ao longo das horas nossas bexigas se enchem, se esvaziam
os cílios escorregam para dentro dos olhos
cutucando as retinas
as pintas na superfície das peles afundam
pigmentam-se mesmo em dias
sem sol e cheios de filtro
na fotografia, no entanto, todos dormem
para sempre é noite, ninguém desperta
fora da moldura nossos músculos se afrouxam
sob a pele, ao redor dos ossos

....

se o óleo sobre as testas viessem
diretamente das correntes sanguíneas
ao passarmos as pontas dos dedos
sobre o rosto tentando
escrever talvez
tocássemos uma artéria coronária
um dos ventrículos
do coração

....

o corpo e a laranja na mesma linha do verso
tentam a relação justa da fruta
com a silhueta do cotovelo
quarenta e cinco graus em relação à mesa
e ao núcleo da terra, quem saberá precisar
um corpo também pode ocupar o centro
da órbita do mundo, alguém me diz
assim como uma laranja pode
fazer as vezes
de uma estrela

wabi sabi

quebrar um verso quebrar uma xícara

suspender do chão uma palavra
ainda quente pela asa

....

para velejar o céu é preciso
aquecer o balão, expandi-lo
a velocidade horizontal, nunca acima
de dezoito quilômetros por hora
permite um olho no altímetro
outro no horizonte, onde pássaros
sentem o entorno aquecido
avançar
em suas rotas de ventos amenos
os corpos suspensos na diferença
de densidades do ar rodopiam
lentos, pequenos planetas
ou sementes
que dançassem n'água

....

dita ecoa as vozes, a fila interminável
de vozes, marulho constante
desde a primeira irrepetível
e mais uma vez repetida
voz, o que nela desafina
grita, no retorno à superfície
o rumor da palavra
submarina

vascular

ao enxugar o sangue das linhas
pensou, que poema tão curto
capaz de conter tantas veias
arteriais

....

arrancar um fio branco da palavra
que ela finja o passado
desconhecido que se dobra
ainda agora sobre nós
a ponta de um cobertor
um corpo aquecido, um acento
circunflexo

....

a planta que morre, a terra impossível
a parte do tronco sem vida enterrada
sem seiva, sem raiz movimenta
ainda assim os fluxos
subcutâneos do que se precipita
a palavra, o minério, a linha no rosto
sob a testa marcada os raios
UVB de uma vida, frases
quebradiças sustentam
certa energia luminosa
quando se sorri, a explosão
no maxilar também paga tributo
à folha presa nos dentes
à camomila esquecida num chá

vila pompeia

o cadarço do cobrador, a catraca
três passagens restam no bilhete
o sol incide no lado esquerdo
da João Ramalho e nas costas
desta mulher, para onde ela vai
algumas costas parecem mais tristes
a essa hora do dia e às quartas
um dia estiveram abertas
as janelas térreas da cidade
elas fecham essas notas viárias
de um arranha-céu que sobe
dos olhos que batem no teto

....

parece irromper de todos os cantos
do ar úmido morno do banheiro
debaixo das camas, do sono
até mesmo dentro de carros
em alta velocidade jatos
aviões motos trens-bala
poderíamos nos mover como gatos
e mesmo à sombra de nossos rabos
toparíamos com o presente brotando
de todos os cantos, dos buracos
insistentes de nossos sapatos

....

a frouxidão das pálpebras, dos elásticos
das torneiras incapazes de impedir
a fuga persistente da água
uma gota por minuto desde sábado
sobre bichos cadernos pratos
a borra inundada no filtro
o almoço úmido, envelhecido
tudo navega
sem pressa sala afora
as trajetórias helicoidais dos objetos
criam
eixos imaginários, vigas
que a imagem puída de um clipe

quem sabe ainda consiga

atar

....

a descrição do objeto ao meio-dia
estirado no piso, entregue à autópsia
exigirá da mão talvez a forma
de uma concha
na linha acima dos olhos
que tente dilatar a pupila
me antecipar à palavra e por isso
começar de trás pra frente o caderno
a primeira inscrição no pé
da página flutua, um dente-
-de-leão em chamas
ameaçando as folhas quebradiças
me antecipar à queda incendiária e por isso
escrever perto de torneiras
poças d'água, goteiras
em dias como esse de chuva

....

as sobras nos bolsos das calças
fiapos, tecidos enroscados
a chaves, moedas o que um dia foi
um elástico de cabelo ou ainda
o selo não enviado de uma carta
recompõem ao contrário
e lentamente o que passou
feito certas línguas orientais
lendo o mundo de trás

por isso olhar o que parece parado
o céu, quando há céu
nos vidros refletida a cercadura do mar
as ourelas de um tecido
há sempre o que se perde ao movimento
um pensamento vago, o instante
que se atira dos objetos
por isso olhar o que não se move
para agarrar antes que caia
a veia estática
de um relâmpago

....

Posfácio

por Ana Estaregui

A realidade é coisa delicada,
de se pegar com as pontas dos dedos.

Paulo Henriques Britto, *Macau*

Não poderia haver melhor título para este livro de Carla Kinzo do que *Satélite*. A imagem de um objeto que flutua ao redor de um eixo equilibrando e compensando forças simultâneas parece sintetizar alguns dos desejos desta seleção.

No poema que abre o livro lemos sobre este corpo celeste, o poema-satélite-balão-de-gás, que se desloca lentamente no espaço erguido pelo ar quente e sustentado pelo hálito de quem o soprou. Como num jogo de forças de compensação, ele equipara as temperaturas interna e externa para se manter aceso. Se por fora ele parece boiar na atmosfera, por dentro ele carrega uma espécie de febre que o mantém vivo, içado no ar.

No poema seguinte é uma pessoa que atravessa a cidade, dá voltas dentro de um ônibus lendo repetidas vezes a mesma carta: "eu sim tenho esquecido os bilhetes/ e às vezes o endereço de volta/ só para ficar mais tempo nos ônibus/ dando voltas até que escureça/ lendo muitas vezes a sua carta/ no lugar de tornar a casa." E mais adiante, no poema "Fome", Carla escreve sobre um besouro que circunda uma lata e pensa ter ido muito longe, sem conseguir calcular o caminho percorrido: "talvez um besouro dando voltas/ em uma lata/ ache que tenha caminhado muito/ ido muito longe/ até o outro lado/ da fronteira/ de alumínio."

Nesses três exemplos, e ao longo do livro, o que parece interessar à autora não é exatamente o motivo deflagrador do movimento circular e nem para onde as coisas (ou a escrita) levarão o leitor. Interessa o movimento em si, o gesto de girar continuamente como numa dança sufi em que o dançarino a certa altura entra em transe e se esquece do corpo, do giro, da sala e do próprio espaço-tempo. Esquece-se de que houve um começo e de que haverá um fim (houve, haverá?). Os territórios, linhas e meridianos percorridos pelos textos não importam mais, "o caminho não é o que afirma/ o papel/ o mapa/ não é o terreno", escreve Carla, "o que segue comigo me escapa/ a palavra árida no interior/ da palavra".

Os poemas de *Satélite* não desejam contar histórias. Apesar da narratividade, eles são vislumbres de pequenos acontecimentos que parecem já estar ocorrendo muito antes de o leitor chegar. E continuarão acontecendo depois, mesmo que ninguém mais esteja presente. São como frames de vídeos ou pedaços de fotografia.

A certo ponto surge desse narrador/eu-lírico *flâneur* a pergunta "se não há lugar, para onde ir?". A dúvida reverbera para além desse trecho e se estende ao livro todo, costurando rotas e chegando, talvez, às motivações da própria escrita. A pergunta torna-se equivalente a: se tudo pode ser um assunto, sobre o que escrever? Ou, se não há assunto, por que então escrever?

Ao mesmo tempo que tudo parece estar em estado de suspensão, rodando em diferentes órbitas desse sistema, cada elemento carrega um pouco dessa cólera interna, espécie de ânima ou magma originário que faz o corpo continuar dançando. E, como em quase todo sistema entrópico, também ocorrem as fraturas, os desequilíbrios e as quedas. Se a tendência do movimento aqui é o giro, por vezes são as tardes que desabam, as montanhas de gelo e os cabelos que caem de modo escuro, são os objetos que afundam vagarosamente ou as mãos que se espatifam contra o chão. “a fagulha final, início da fúria/ a levar tudo aos ares ou melhor/ tudo ao chão: o poema que cai/ vertical, cortina desatada/ do teto desaparece.”

Entre a delicadeza do movimento que se arquiteta sobre o nada e as imprevisibilidades surgidas em plena órbita, os poemas de Carla Kinzo caminham sobre essa linha tênue de iminência da queda: quanto mais alto está o corpo, maior será sua energia potencial. Aqui os poemas não são apenas satélites, mas podem também ser asteroides rochosos que colidem entre si no espaço ou estrelas cadentes de longas caudas.

••••••••

Carla Kinzo nasceu em São Paulo. Publicou *Eslovênia* (Megamíni, 2017), *Cinematógrafo* (7Letras, 2014), *Matéria* (7Letras, 2012 – ProAC Publicação/2011), o infantil *Grão* (Pólen, 2015) e a plaquete *Marco zero* (nosotros editorial, 2018). Tem poemas e contos publicados em *Quelônio Solto #01*, *Revista Parênteses*, *Mallarmargens*, *Revista Pessoa* e *Revista Gueto*. É também dramaturga e atriz.

Índice

remissivo de títulos
e primeiros versos

....

Agradecimentos

Ana Estaregui, Angélica Freitas, Antônia Gil Kinzo,
Catia Moreira Fath, Gelis Haman Moreira,
Gui Mohallem, Isabel Teixeira, Izilda Bichara,
Leda Cartum, Ligia Moreira Kinzo, Lilian Aquino,
Lubi Prates, Luís Indriunas, Luiz Carlos Kinzo,
Marcos Gomes, Maria Clara Escobar,
Maria Iêda Moreira, Maria Luiza Orçano Moreira,
Mario Kinzo, Noemi Jaffe, Paula Fábrio,
Rui Barossi, Stefanni Marion.

Edição Bruno Zeni
Capa e projeto gráfico Sílvia Nastari
Revisão Carmem T. S. Costa
Impressão tipográfica Aloísio Carnetti
Reprodução fotográfica da capa Luiz Pinto

Crédito das imagens
© 2004–2019 Florida Center for Instructional Technology

Dados Internacionais de Catalogação na Publicação (CIP)
(Laura Emilia da Silva Siqueira CRB 8-8127)

Kinzo, Carla.
Satélite / Carla Kinzo; texto de orelha, Noemi Jaffe;
capa e projeto gráfico, Sílvia Nastari.
1ª ed. – São Paulo: Editora Quelônio: 2019.
104 p. ; 14 x 21 cm.

ISBN 978-85-93229-50-3

CDU 821.134.3(81) CDD 869.91

Índices para catálogo sistemático:

1. Ficção: Literatura brasileira
2. Literatura brasileira: Poesia 869.91

Editora Quelônio

Rua Venâncio Aires, 1072
Vila Pompeia
05024-030
São Paulo - SP
www.quelonio.com.br

Este livro foi contemplado por um ProAC de Criação Literária | Poesia, da Secretaria de Cultura do Estado de São Paulo, em 2015, sob o título inicial de *Cartográfico*. Em 2018, já com o título *Satélite*, foi contemplado com a 2ª edição do Edital de Publicação de Livros na Cidade de São Paulo. Nesse mesmo ano, também recebeu menção honrosa no Prêmio Nascente da USP, na categoria Texto.

Fontes ITC Garamond Std e
ITC Avant Garde Gothic Std
Impressão Bartira Gráfica
Tiragem 1000 exemplares
São Paulo, julho de 2019